ÉPÎTRE

AUX FRANÇAIS,

A L'OCCASION

DU SACRE DE CHARLES X;

Par FERDINAND B....., élève en droit.

> « Les Français sont égaux devant la loi,
> » quels que soient d'ailleurs leurs titres et
> » leurs rangs.
> » CHARTE CONSTIT., ART. Ier. »

PARIS,

DELAUNAY, libraire, Palais-Royal, Galerie de Bois ;
ALEX-GOBELET, rue Soufflot, no. 4, près l'Ecole de Droit.
IMBERT, quai des Augustins, no. 35.

1825.

DE L'IMPRIMERIE D'A. BÉRAUD,
Rue du Foin-Saint-Jacques, n° 9.

ÉPÎTRE

AUX FRANÇAIS,

A L'OCCASION

DU SACRE DE CHARLES X.

Audacieux Français, dont la noble vaillance
De tant de potentats foudroya la puissance,
Enfans de Mars, pour prix de vos travaux guerriers,
Vous pouvez reposer à l'ombre des lauriers :
Vous pouvez désormais, de vos mains héroïques,
Cultiver des beaux-arts les palmes pacifiques.
Les peuples en tremblant admiraient vos exploits,
Et vaincus se courbaient sous le joug de vos lois,
Quand, vouant à la gloire un sanglant fanatisme,
Et jusques au délire exaltant l'héroïsme,
Vous suivîtes un chef par vous même érigé,
Un soldat dont le glaive en sceptre s'est changé,
Héros sous les drapeaux et tyran sur le trône.
Foulant aux pieds les rois et brisant leur couronne,

Du tonnerre usurpé frappant vos ennemis ,
Bravant les élémens contre vous réunis ,
Vous promeniez partout vos aigles triomphantes.
Vous marquâtes alors de vos traces brillantes
Les plaines de Jemmape et le pont de Lodi ,
Austerlitz , Jena , Marengo , Rivoli ,
Dont les noms à jamais voleront d'âge en âge.
Sur l'aîle de la foudre on vit votre courage
Prendre un rapide essor , depuis ces bords fameux
Où du sommet vieilli des monumens poudreux
Vingt siècles étonnés contemplaient votre audace,
Jusqu'aux déserts où règne une éternelle glace.
Rien ne pouvait , Français, arrêter vos efforts ,
Lorsque votre valeur, par ses bouillans transports,
Fatigua la nature et lassa la victoire.
La France s'affaissa sous le poids de sa gloire ;
Et son accablement expia ses succès.
Tel un arbre fécond dont le branchage épais
Qu'épargnèrent les coups de la hâche tranchante ,
A bientôt épuisé le suc qui l'alimente.
Hélas ! pour recouvrer sa première vigueur
Et ranimer l'éclat de sa vieille splendeur,
La France avait besoin d'enchaîner sa vaillance ,
D'apaiser son tonnerre et de quitter sa lance.
Français, de suivre Mars vous êtes déjà las :
Remplacez le laurier par l'arbre de Pallas.
    Louis paraît alors, Louis dont la sagesse
De son culte honora les filles du Permesse ,

Qui, par les lois de Londre éclairant son grand cœur,
De ses sujets ingrats prépara le bonheur.
Il paraît : sur ses pas, la paix et l'abondance
De leurs dons bienfaisans viennent combler la France.
O Français généreux, objet de son amour,
De ce Numa français saluez le retour !
De l'homme, dont les droits ont vu leur décadence,
Il vient vous rapporter la noble indépendance.
D'une nation libre il se proclame Roi ;
Et plus haut que son trône il élève la loi.
« La loi commande à tous, dit sa Charte immortelle:
« Les Français, quels qu'ils soient, sont égaux devant elle. »
Des plus chers de nos droits cet auguste garant
Prescrit la tolérance au culte intolérant,
De deux pouvoirs rivaux établit l'harmonie,
Et nous offre un rempart contre la tyrannie.
Nobles Pensers d'un Roi, vous calmez nos tourmens ;
Et de nos libertésj etant les fondemens,
Vous assurez enfin le bonheur de la France.

Mais des vœux des mortels ô trop faible puissance !
Voyant avec regret leur pouvoir renversé,
Ennemis de nos droits, des amans du passé
Qui voudraient loin de nous exiler le génie,
Et proscrire les arts et la philosophie,
Par leurs secrets desseins et leurs publics discours.
Des bienfaits de Louis empoisonnent le cours.

Des courtisans trompeurs entourent ta vieillesse,
Et s'efforcent, Grand Roi, d'endormir ta sagesse.
Ah! que vois-je ? la mort déjà compte tes ans....
Tu meurs... Mais notre amour te survivra long-temps.
De la postérité l'équitable mémoire,
Recueillant tes bienfaits, célébrera ta gloire ;
Et, la Charte à la main, la sainte Liberté
Ira porter ton nom à l'Immortalité.

Il n'est plus ! mais calmons notre douleur amère :
Si nous perdons Louis, il nous reste son Frère.
France, ne gémis plus sur le royal tombeau ;
Et tourne tes regards vers ton maître nouveau.
C'est un Français de plus qui monte au rang suprême,
Et qui va de nos rois ceindre le diadême.
Retraçant avec grâce à son peuple chéri
Les traits de Louis-Douze ou ceux du bon Henri,
Père de ses sujets, et fils de la patrie,
Des brillantes vertus de la chevalerie
Charles vient embellir le trône des Bourbons.
Charles, qui de notre âge écouta les leçons,
De son auguste Frère accepte l'héritage.
Du Solon couronné perpétuant l'ouvrage,
Respectant sa mémoire, il maintiendra ses lois,
Protégera la Charte où reposent nos droits,
Il l'a promis : Français, croyez à sa parole,
Ce mot d'un chevalier ne peut être frivole.
La promesse d'un roi doit valoir un serment.

Charles, par les bienfaits de son règne naissant ,
De son ardent amour nous a donné des gages.
Par sa douce bonté méritant nos hommages ,
D'un éclat sans nuage à nos yeux revêtu ,
Ce prince généreux , ami de la vertu ,
Accueille le malheur que l'injustice brave ,
Honore le mérite , et sur le sein du brave
Fait briller de ses mains l'étoile de l'honneur.
Mille traits éclatans attestent son grand cœur :
Voyant un fils de Mars repousser de sa lance
Les flots amoncelés du peuple qui s'avance :
Pas de lance, dit Charle, entre mon peuple et moi;
La place des sujets est auprès de leur roi.
Oui, bon prince, jouis de cet amour sincère
Par lequel tes enfans s'approchent de leur père,
Et contemplent ces traits , doux avec majesté,
Où respire l'amour, où se peint la bonté :
Jouis de leurs transports , jouis de leur ivresse.
Vois éclater partout la publique allégresse,
Qui pour toi de ses vœux fait retentir le ciel
Et célèbre les dons de ton cœur paternel.
» Gloire au roi, s'écrî-t-on, qui vient rendre à la vie
« L'auguste liberté de l'homme de génie. »
De l'affreuse Censure étouffant le couroux,
O Charles, ta sagesse a suspendu les coups
De ce monstre caché, tyran de la pensée,
Dont l'âme, par un mot se croyant offensée,
Sur les champs du génie, ô trop funeste sort !

Semait avec plaisir l'épouvante et la mort.
Ah ! poursuis : accomplis les souhaits de la France ;
De te les voir remplir nos cœurs ont l'assurance.
Le gage solennel que tu nous a donné
Est le garant certain d'un règne fortuné.
Brillant d'un doux éclat, un matin sans nuage
Du jour qui va le suivre est un heureux présage ;
Un beau prélude annonce un chant encor plus beau.

Quand de la liberté le rayonnant flambeau
Du nouveau règne, ainsi, vint embellir l'aurore,
Français, cette union que la patrie implore
Fit cesser les effets de vos divisions
Et calma les fureurs, les cris des factions.
De vos tristes erreurs abjurant la mémoire,
On vit vos nobles cœurs, toujours chers à la gloire,
Se rallier autour du trône des Bourbons.
De la noire Discorde éteignant les brandons,
La Concorde déjà vous faisait vivre en frères ;
Déjà *tous les partis rapprochaient leurs bannières*(*);
Comme l'a si bien dit l'Anacréon français.
Le ciel était serein... Mais des brouillards épais,
Amassés tout-à-coup, ont terni sa surface.

(*) M. de Béranger a dit, dans la charmante Préface de son
dernier *Recueil de Chansons :*

Tous les partis rapprochent leurs drapeaux.

Malgré notre bon Roi, qui loin de nous les chasse,
On voit regner encor les vents tumultueux;
Un orage naissant d'un voile ténébreux
A couvert de nouveau l'horizon politique.
La haine, à son réveil, trouble la paix publique.

De ces nouveaux discords vous blâmez les auteurs,
Français. Ah! pardonnez les trop justes clameurs
D'un jeune audacieux, disciple de Barthole,
S'il flétrit les méchans, si des bancs de l'école
Contre un pouvoir injuste il élève la voix,
S'il poursuit de ses cris les ennemis des lois.
Je suis jeune, il est vrai: quatre lustres à peine
De mes paisibles jours ont prolongé la chaîne ;
Et ma voix, de Thémis bégayant les leçons,
Se refuse à former de poétiques sons.
Mais je suis citoyen : l'amour de la patrie
Fait palpiter mon cœur et devient mon génie.
J'ose donc aujourd'hui, dans mon zèle impuissant,
Heurter d'un faible trait un pouvoir menaçant.
Prodigue intéréssé des biens de la patrie,
Ignorant destructeur de l'active industrie,
Ce pouvoir de l'État sape les fondemens
Et livre nos trésors à d'avides traitans.
Ces Grands, dont l'intérêt a seul pris la défense,
A la marche du siècle opposent leur puissance.
Nos libertés contr'eux protégeraient nos droits,
Et, contre leurs abus faisant tonner les lois,

Proscriraient l'arbitraire : ils osent les proscrire ;
Et de la vérité, dans leur affreux délire,
Ils veulent étouffer les arrêts foudroyans.
Ils rangent sous le dais de fidèles parens
Qui puissent, au besoin, assister leur détresse ;
Et, placés près du trône, ils trompent la sagesse
D'un Roi qui ne respire et ne veut que le bien,
Qui veut que le Français soit libre et citoyen.
Tremblante de terreur, la Patrie éplorée
Leur adresse sa plainte, et n'est point écoutée.
Bravant impunément sa triste affliction,
Ils se cachent au sein de la corruption ;
Et, mettant nos vertus aux enchères publiques,
Obtiennent, à prix d'or, des claqueurs politiques,
Les éloges honteux de serviles flatteurs,
Et les soins empressés de zélés délateurs.
Qu'un ministre pervers est un fléau funeste !
Aux malheureux sujets, dont l'âme le déteste,
Il ôte le repos, il inspire l'effroi ;
Il affaiblit l'amour qu'ils portent à leur roi.
De l'or des nations dissipateur avide,
De l'intrigue vénale il se fait une égide.
A tromper son monarque il borne son devoir :
L'injustice est son droit, l'abus est son pouvoir.

Ciel ! verrons-nous long-temps, sous le nom d'un roi sage,
Prospérer des méchans le ténébreux ouvrage ?
Non : Français, espérons qu'il va luire le jour

Où Charles, démasquant les tartuffes de cour,
Abattra sous ses pieds l'audace et l'imposture.
Ce Monarque, dont l'âme et si noble et si pure
D'un avide regard cherche la vérité,
Minera les sentiers de l'infidélité ;
Et, déjouant enfin la fraude et l'artifice,
Arrachera le glaive aux mains de l'injustice.
De la France alarmée exauçant les désirs,
Il la délivrera de ces altiers visirs
Qui de l'Etat flottant ont embrouillé les rênes,
Et de nos libertés fera tomber les chaînes.
Le Dieu, dont le courroux accable les tyrans
Et jamais ne pardonne aux perfides Amans (*),
Va remettre en ses mains cette royale épée (**)
Qui doit toujours frapper la puissance usurpée,
Punir la trahison et venger l'équité.

Français, il est venu le moment souhaité,

(*) Allusion au ministre Aman, favori d'Assuérus.

(**) L'officiant, en faisant la bénédiction de l'épée royale, dit, dans une oraison : *Hic gladius.... aliis insidiantibus sit pavor, terror et formido.* Lorsqu'il la met entre les mains de Sa Majesté, il dit encore : *Accipe hunc gladium..... ut in hoc per eumdem vim æquitatis exerceas, molem iniquitatis potenter destruas ;...... desolata restaures, restaurata conserves ; ulciscaris injusta ; confirmes benè disposita.*

(*Cérémonies du Sacre.*)

Ce moment où des cœurs se dissipe la crainte,
Où, sur son front baissé recevant l'huile sainte,
Un roi, devant celui qui fait régner les rois,
Empreint d'un sceau sacré ses devoirs et ses droits.
Que ne puis-je, Français, d'une touche brillante,
Retracer à vos yeux cette scène imposante
Dont l'aspect éclatant étonne les regards
Par les splendeurs du luxe et la pompe des arts.
Je peindrais la Patrie écoutant en silence,
Et, d'un œil animé par la vive espérance,
Contemplant réunis ses enfans, ses soutiens,
Pontifes, magistrats, guerriers et citoyens ;
Et l'ombre de Louis, d'un nuage voilée,
Du haut des murs sacrés planant sur l'assemblée.
Notre roi-chevalier, d'un spectacle si beau
De ses nobles regards anime le tableau :
Sur son front glorieux où son âme est tracée,
On voit de la bonté sourire la pensée.
Mais, peuple, fais silence ! O moment solennel !
Charles, de sa parole attestant l'Eternel,
Se lève ; et d'une voix que vénère la France,
A la Charte, à nos lois il jure obéissance.
La main sur le saint livre où s'abaissent ses yeux (*) :

(*) Dans le serment que le roi prête, tenant les mains sur l'Évangile, il se trouve ces paroles : *Promitto ut omnes rapacitates et omnes iniquitates, omnibus gradibus interdicam......* *Hæc omnia suprà dicta firmo juramento.*

(*Cérémonies du Sacre.*)

« Je fais serment, dit-il, de poursuivre en tous lieux
« L'iniquité cruelle et la rapine altière ».
Serment digne d'un roi que la sagesse éclaire,
Que n'es-tu prononcé par chaque souverain,
De l'Hèbre à l'Hellespont, et du Danube au Rhin.

Français, Charle a juré le bonheur de la France :
Osons avec respect, mais avec assurance,
Eclairer sa justice, instruire son grand cœur,
Et de la vérité qu'éloigne le flatteur
Répéter les accens jusqu'aux pieds de son trône.
Si de ses noirs replis la fourbe l'environne,
Malheur au souverain qui, d'un œil irrité,
Repousse loin de lui l'auguste vérité !

« Charles, entends nos voix : souvent la calomnie
» S'efforce d'étouffer leur puissante harmonie ;
» Et de nos souverains effrayant le repos,
» Pour venger son offense, invente des complots.
» Elle peint le Français sans cesse sous les armes.
» Ah ! bien loin de ton âme écarte ces alarmes !
» Soumis avec orgueil au frein des justes lois,
» Détestant l'anarchie et chérissant ses rois,
» Le Français de ses chefs respecte la puissance ;
» Mais il veut s'honorer de son obéissance :
» Par sa fidélité désirant s'ennoblir,
» Sa grande âme en servant ne sait point s'avilir.
» Daigne donc consulter l'opinion publique,

» De l'injuste pouvoir censeur si véridique ,
» Conseiller d'un roi sage , arbitre d'un bon roi,
» Qui , même sous le dais, fait frissonner d'effroi
» Le ministre coupable et traître à la patrie.
» D'un regard bienveillant anime l'industrie :
» Protége noblement le commerce français,
» Affermis sa grandeur , seconde ses succès.
» (*) Ordonne qu'affranchi d'une crainte importune,
» Au sein de l'Amérique il cherche la fortune;
» Que, libre , indépendant sous la foi des traités,
» Promenant en tous lieux ses vaisseaux respectés,
» Vers ces ports où pour lui s'ouvre enfin un asile
» Il puisse déployer une voile tranquille.
» Des talens et des arts féconde les travaux:

(*) Dans une requête adressée au roi par soixante-douze des principales maisons de Paris, de la banque, du négoce et des diverses branches de l'industrie manufacturière, pour demander l'envoi d'agens accrédités en Amérique, on dit à Sa Majesté : *Sire, d'immenses contrées que l'Espagne seule alimentait autrefois ont ouvert leurs ports à tous les autres peuples du globe... Nous supplions Votre Majesté d'ordonner que des agens officiels , dignes à tous égards d'une si importante mission , soient envoyés partout où le commerce français est libre de pénétrer, et particulièrement sur le continent d'Amérique , pour y légaliser et protéger ses rapports ; que des traités de commerce y stipulent, pour ses intérêts , toutes les garanties et tous les avantages qu'une grande nation peut avoir droit de prétendre.*

» Puissent-ils, enrichis par des trésors nouveaux,
» Voir sous tes sages lois leur gloire rajeunie!
» Empêche , ô Charles X, qu'on charge le génie
» Des fers honteux et lourds des inquisitions.
» Laisse penser: un roi commande aux actions,
» Le souverain des cieux commande à la pensée.
» Cependant d'être esclave on la voit menacée.
» Sois notre appui : détruis, dans ses naissans destins,
» Cette ligue féconde en sinistres desseins,
» Du peuple heureux et libre orgueilleuse rivale,
» Qui, respirant le fiel de l'hydre féodale,
» Veut faire , mais en vain, par ses efforts gagés
» Rétrograder le siècle au temps des préjugés.
» O Charles, que toujours ton pouvoir nous protége
» Contre les insensés dont la main sacrilége
» Ose porter ses coups sur l'arche de nos droits !
» Ah! du prudent Louis défends les justes lois;
» Maintiens surtout , maintiens ce pacte tutélaire
» Qui de nos libertés est le dépositaire.
» La liberté, qui fait les sages citoyens ,
» Est, après la vertu , le plus beau de nos biens.
» Gardons-nous que ce droit, puissant sans violence ,
» Par un funeste abus dégénère en licence :
» La licence toujours conduit aux attentats.
» La sainte Liberté fait fleurir les Etats,
» Protége les beaux arts, féconde l'industrie,
» Donne aux sujets des mœurs, des bras à la patrie.»

FIN.

I